JN208983

九十五歳の句集

銅鑼

関　淨山

文學の森

序

著者の関浄山さんは、今年九十五歳である。ご健勝で大関ジョイテック株式会社代表取締役会長として、毎日出社されている。

浄山さんとは、長年蒲田優申会と東京蒲田ロータリークラブでご一緒している。お元気な浄山さんに接する八十一歳の私など、浄山さんを目標と仰ぎ、いつも活力をいただいている。

浄山さんが俳句を始められたのは、東京蒲田ロータリークラブの俳句同好会に入られてからで、まだ四年も経っていない。六十の手習いという言葉があるが、九十一歳から始められたのは世の常の人の及ぶところではなく、驚嘆するばかりである。

山里に春の夕焼明日励まむ
冬近しまだ老ゆまじと薪を積む
歳老いてなすこと多し年の暮

と、まことに積極的で前向きである。浄山さんの前では、「歳だから」などの言訳・弁解は通用しない。

著者の趣味は古美術と庭園鑑賞で、本宅は鎌倉の浄明寺にある。

鶯の今年も同じ日に来鳴く
見慣れたる欄間の富岳年守る
鉄扇の自在鉤あり炉を開く
はや銅鑼を打ちて客来る年始め

蒼然と長押の槍や春の朝
薄れたる浄山の文字風薫る
株分けの水仙庭を独り占め

は、その住まいでの嘱目である。

経唱ふ托鉢僧や寒に入る
春しぐれ駆込み寺の蛇の目傘
風ありて寺の回廊朝涼し

など句集中の古都の情景は、自家薬籠中のもので、句はどれも地に足の着いた力がある。じつに羨ましい環境である。その上めでたいのは、

蕎麦掻や夫唱婦随の箸太し
金婚を遥かにしたり心太
鐘の音やふたりで啜る晦日蕎麦

に見られるご夫妻の仲睦まじさである。

著者は俳句に没頭すると、胸中の世事の煩わしさがどこかへ消え去ってしまうという。その精進から、

一湾の光を掬ふ白魚網
艶まして黒き小石や秋深む
子ら帰りうたげ果てたり雛祭
沢蟹の這ひずつて渓登りけり
庖丁の荒砥に水や炎天下
敬老の日やわが周囲みな達者
初硯一気に筆の走りけり
春隣苦楽の果ての九分十分
見渡してこれ万緑と指を差し
夏草の光に揺れて靡くなり

などなど数多の佳什が生まれている。私達もその真剣な取り組みに学ばねばなるまい。

九十五歳の句集『銅鑼』のご上梓をお祝いするとともに、これを通過点として百歳の句集がまたれるところである。

ますますの御加餐と浄山俳句の一筋の道を、これからも歩み続けられることを、心からお祈りするものである。

平成二十八年初秋

阪田昭風

句集　銅鑼／目次

序　阪田昭風　1
第一章　白魚網　平成二十五年　11
第二章　炎天下　平成二十六年　39
第三章　心太　平成二十七年　71
第四章　夏草　平成二十八年　107
あとがき　132

装画　鎌倉・浄山邸の銅鑼
装丁　文學の森装幀室

句集　銅鑼

第一章　白魚網

平成二十五年

千両の陰にかくれし鳥の影

立春や多摩段丘に史跡観て

老梅の幹龍に似て力あり

一湾の光を掬ふ白魚網

蕗のたう時季を忘れず顔を出し
鶯の今年も同じ日に来鳴く

古寺に海の風ある彼岸かな

関東に春一番や恙無し

縁側で眺むる山も春の山

山寺に鐘の余韻や春の暮

山里に春の夕焼明日励まむ

切通し行く人のあり山櫻

落椿小径ふさぎて遠回り

幹太き牡丹櫻や空高く

櫻満ち森羅万象埋まりぬ

連合ひと想ひ出の旅白躑躅

𥝱の木に藤絡みたり如何せむ
曾孫泣く大樹に絡む鯉幟

夕暮や雨のあがりし軒菖蒲

友招く五右衛門風呂に菖蒲の香

梅雨の入土壁ありて凌ぎけり

梅雨寒し薬師如来は槙が傘

雨あがり鎌倉石に苔の花

梅雨あがる水琴の音や静かなり

蛇の衣風に吹かれてなびきけり

山の風風鈴の音錆びにけり

夏旺ん土間に風ある昼下り

四十雀卵幾つと覗きけり

東屋やぺんぺん草に風涼し

飛び石を濡らしてゆけり青時雨

伽羅の木や漸くにして秋近し

夕暮や蜩谷戸に鳴くばかり

開け放つ窓に満月酒を酌む

雲水の笠に名の有り秋彼岸

室町の佛像念じ爽やかに

竹伐りて繕ひするや四つ目垣

一椀の茸の汁や湯治宿

翁面打つ友のあり秋時雨

野良仕事釣瓶落しに焦りけり

鎌倉の古寺巡る秋しぐれ

冬近しまだ老ゆまじと薪を積む

置かれたる左官の鏝や秋時雨

艶まして黒き小石や秋深む

湯気たちしおから匂ふや冬近し

山茶花や木陰にありし見え隠れ

鐘の音や災害多き年送る

老木に支柱のありて年惜しむ

鯉の棲む川見て渡る冬の雨

見慣れたる欄間の富岳年守る

歳老いてなすこと多し年の暮

第二章　炎天下

平成二十六年

墨の香に心定まり賀状書く

新玉の薪を焚きつつ友を待つ

波音の三保の松原初日の出

鎌倉の古刹の鐘や初詣

江の島に立ちて初富士拝むなり

曾孫の名しどろもどろの老の春

経唱ふ托鉢僧や寒に入る

藪の中日差しに浮かぶ寒椿

語部に恍惚となる囲炉裏端

身が締まる拍子木の音寒きびし

寒木瓜の蕾にまじる実のありて
裏山に大蛇入りて春を待つ

かさかさと春告鳥や笹の中

梵鐘の無常の余韻春寒し

石臼の飛び石を打つ春霙

春しぐれ駆込み寺の蛇の目傘

子ら帰りうたげ果てたり雛祭

春の炉に薪の匂ひの残りけり

菜の花の御浸し旨し朝の膳
老いの身を春の光に包まれて

庭下駄の土間にありけり春日和

武家屋敷毘沙門天の幟あり

千貫の庭石ありし牡丹かな

文机のうるしの艶や風薫る

枇杷の実を空に登りて庭師採る

句の友に依ること多しさつき空

梅雨きざす匂ひありけり青だたみ

梅雨寒し道祖神在る一里塚

梅雨晴や山路に馬頭観世音

遠来の友に連れ添ふ花菖蒲

沢蟹の這ひずつて渓登りけり

夏旺ん獅子珠啞ふ銀の杖

庖丁の荒砥に水や炎天下

友よりの扇子に匂ふ燕子花

百合の花かうべを垂れて客を待つ

古寺の施餓鬼に法話ありにけり

風に揺れ秋の七草影幽か

秋の蚊や払っても亦強く刺す

敬老の日やわが周囲みな達者

身に入むや立枯れもある三保の松

婆さんの籠の一輪曼珠沙華

湯気立つて夕餉の膳の衣被

句草子に筆入れて秋深みけり

庭先に栗鼠の姿や秋日和

運動会母飲めといふ生卵

蝗捕り蝗が飛びて穂を摑む

金柑を沢山採りて砂糖漬け

秋日和無為の境地になりにけり

日の光谷の紅葉のあざやかに

秋深し姨捨山の今はなし

鉄扇の自在鉤あり炉を開く

藪の中一際映ゆる冬椿

風呂を焚く煙一条時雨れけり

海の風幽かに揺るる石蕗の花

禅寺へ霜柱踏む夜明け前

蕎麦搔や夫唱婦随の箸太し

災害の年続きけり除夜の鐘

土間に脱ぐ履物多し年忘

あれこれと年用意する老夫婦

第三章　心太

平成二十七年

初硯一気に筆の走りけり

浄妙寺門抜きて年迎ふ

山荘に立ちて初富士拝むなり

正月や森羅万象みな包み

はや銅鑼を打ちて客来る年始め

夜も更けし枕辺に棲む虎落笛

寒に入る経を唱ふる門の前

春隣苦楽の果ての九分十分

今の世は風邪拗らせることは無し

句の友の託す漢詩や春近し

山里の春の色付き微かなり

ちゃぶ台の濁りありしや蜆汁

青竹の垣の手入れの終りけり

朝餉どき木の芽の匂ふ膳の前

猫の子や古刹の縁を独り占め

初櫻学徒特攻空を翔ぶ

道の辺のしじま深めて散る櫻

蒼然と長押の槍や春の朝

庭先の大樹の櫻いま盛り
大兄の嵯峨野入賞花の膳

遠蛙来し方憶ふ夕間暮れ

庭園の一隅占める山躑躅

竹林に筍の鍬這入りけり

薄れたる浄山の文字風薫る

韮の花庭一面に咲きにけり

菖蒲咲く井筒の蓋の庭の端

東屋に丸太の椅子や夏きざす

梅雨晴や沓脱ぎ石に客の靴

青臭く庭隅匂ふ栗の花

薫風や庭の伽羅の木日を返し

朝方の鎌研いでをり石清水

禅寺の開山落慶風薫る

炎天下種類の多き石置き場

鉾納め七十年や夾竹桃

枇杷の実を一緒に食らふ小鳥かな

金婚を遥かにしたり心太

公園に古墳のありて蓮の花

夕立の鞍馬飛び石洗ひけり

切通し河原に続き夏旺ん

門前の老木の肌さるすべり

門前に薬師おはすや天の川

秋めくや寺を掠める山の風

大木や祠おはして秋静か

啄木鳥の樹木をつつく音しきり

網代笠土間にありしや曼珠沙華

名月に羽二重団子供へけり

浄山の自称身辺さやかなり

松手入素手の捌きのこまやかさ

秋時雨車馬の通じし箱根関

老いの身や障子洗ひは経師屋に

冬浅し風呂焚く傍に薪を積む

小春日の禅寺参り人あまた

鎌倉の衣張山も冬めきぬ

山裾に炭焼窯の煙立ち

村落を狭しと大根干してをり
鮟鱇の風にさらされ吊られ居り

冬の月影と連れ立ち帰るなり
炉明りの鉄の小鍋に時季の鍋

鐘の音やふたりで啜る晦日蕎麦

老いの身に鞭打つてをり年の暮

白障子枯山水を前に添へ

炉明りの運針仕草鮮らけし

ひもじさに泥鰌掘りたる日も遥か
柚子風呂に故事を繙く想ひあり

株分けの水仙庭を独り占め

第四章　夏草

平成二十八年

禅刹の門に瑞雲集まりぬ

初詣天に響くや桐の下駄

鏡餅祠の外に栗鼠の影

餅花のたわわに垂るを飾りけり

しののめや立ちて四方を拝むなり
浄山と名乗り励まん春きざす

茶柱の立ちし朝餉や入り彼岸

寺の鐘鳴るや小綬鶏裏山に

珍しき魚かかりし春の潮

庭の隅紅一点の木瓜の花

鎌倉の春や華頂の宮邸址

薬師如来馬酔木の花に在すなり

空襲下羽田の沖の汐干狩

老いの身に長命寺なる櫻もち

静けさや深山に開く山櫻

淨山といふ名賜る藤の花

町並みは浄妙寺へと春深し

富士見荘苑生狭しと躑躅燃ゆ

夏近し杉本寺の鐘響く

清和かな政子縁の段かづら

夏めくや古刹の庭の緋毛氈

夏きざす曼荼羅堂の五輪塔

紫陽花の庭先をゆく蛇の目傘

苔の花鎌倉荘の石段に

栗の花庭の赤松煩はす

睡蓮や土佐で育むモネの庭

朝涼し光と影の枯山水

夕立の土の匂ひし古刹かな

山水の井戸の筏の風涼し

夏料理輪島塗なる膳二つ

山清水鎌倉湾に流れ込む
見渡してこれ万緑と指を差し

夏草の光に揺れて靡くなり

覚園寺十二神将おはす夏

風ありて寺の回廊朝涼し

夕涼の鎌倉彫の柘榴かな

庭園に朱の灯籠のありにけり

竹の寺音なき音の竹伐りて

秋彼岸鎌倉山のやぐらかな

静々と農夫が桃を卸屋に

陸奥の國こがね色なる稲田かな

裏山の丹波山栗稔りけり

団栗を杖に頼りて拾ひけり

鉱泉の宿の夕餉の茸椀

深秋や懐旧の念一入に

あとがき

私の俳句発心は遅く、俳句結社「嵯峨野」（主宰・阪田昭風）に入会したのは三年前の平成二十五年、九十一歳のときでした。

思い返しますと、平成二十七年の東京方面合同新年句会で、

初 硯 一 気 に 筆 の 走 り け り

が高点をいただいたことも、一層の励みになりました。俳句はつくづく奥が深いとおもいます。興味は深まりますが、今後一層の努力が必要と決意を新たにしています。

平成二十八年に名誉主宰に就任された阪田昭風先生には、これまで手厚いご指導をいただきました上に、「浄山」の俳号を賜り恐縮に存じております。また、序文を執筆下さり感謝しております。

〝九十五歳の句集〟上梓に当たりましては、「嵯峨野」東京句会幹事の久留宮怜氏に一方ならぬお世話になりました。また、本句集刊行に当たり種々ご配慮いただいた「文學の森」の方々に深く感謝申し上げる次第です。これを機会にさらに俳句に精進いたします。

末筆でございますが、「嵯峨野」俳句会の皆様にはこれまで大変お世話になり厚く御礼申し上げますとともに、今後ともよろしくお願い申し上げます。

平成二十八年十二月

関　浄山

著者略歴

関　淨山（せき・じょうざん）　本名　芳之助

大正10年5月25日　福島県生まれ
昭和17年　締結部品製造会社に入社
昭和23年　大関合資会社設立
平成19年　大関ジョイテック株式会社へ社名変更
　　　　　代表取締役会長就任、現在に至る
平成25年「嵯峨野」俳句会入会
平成28年「嵯峨野」俳句会月光集同人

蒲田優申会会員・東京蒲田ロータリークラブ会員

現住所　〒248-0003
　　　　鎌倉市浄明寺3-8-14　富士見山荘

句集　銅鑼（どら）

発　行　平成二十九年一月一日
著　者　関　淨山
発行者　大山基利
発行所　株式会社　文學の森
〒一六九-〇〇七五
東京都新宿区高田馬場二-一-二　田島ビル八階
tel 03-5292-9188　fax 03-5292-9199
e-mail mori@bungak.com
ホームページ http://www.bungak.com
印刷・製本　竹田　登

ISBN978-4-86438-596-1　C0092